De la même Autrice :

Romans grands caractères en **Police 18** :

- **Le Mas des Oliviers**, *BoD*, 2022
- **Le cadeau d'Anniversaire**, *BoD*, 2022
- **Autour d'un feu de cheminée**, *BoD*, 2022
- **En cherchant ma route**, *BoD*, 2022
- **Le hameau des fougères**, *BoD*, 2022
- **La fugue d'Émilie**, *BoD*, 2022
- **Un brin de muguet**, *BoD*, 2022
- **Le temps des cerises**, *BoD*, 2022
- **Une Plume de Colombe**, *BoD*, 2022
- **La dame au chat**, *BoD*, 2022
- **Un secret**, *BoD*, 2022
- **La conférencière**, *BoD*, 2022
- **L'étudiant**, *BoD*, 2022
- **Un week-end en chambre d'hôtes**, *BoD*, 2022
- **L'héritière**, *BoD*, 2022
- **On a changé de patron**, *BoD*, 2022
- **Un automne décisif**, *BoD*, 2022
- **Disparition volontaire**, *BoD*, 2022

***

Romans grands caractères en **Police 14** :

- **BERTILLE L'Amour n'a pas d'âge**, *BoD*, 2021
- **BERTILLE Les Candélabres en Porphyre**, *BoD*, 2020
- **BERTILLE, Les lilas ont fleuri**, roman, *BoD*, 2019

(d'autres parutions à venir... voir le site de l'autrice)

Romans et livres **Police 12** :

- **La Douceur de vivre en Roannais,** roman, *BoD, 2018*
- **Une plume de Colombe,** nouvelles, *BoD, 2017*
- **New York, en souvenir d'Émile**, roman, *BoD, 2017*
- **Croisière sur le Queen Mary II**, roman *BoD, 2016*
- **La Villa aux Oiseaux,** roman, *BoD, 2015*
- **La Retraite Spirituelle**, roman, *BoD, 2015*
- **Recueil de (Bonnes) Nouvelles**, *BoD, 2014*

***

Aventures Jeunesse (9-14 ans) :

- **Farid, la Trilogie**, *BoD, 2014*
- **Farid et le mystère des falaises de Cassis**, *BoD, 2009*
- **Farid au Canada**, *BoD, 2009*
- **Farid et les secrets de l'Auvergne**, *BoD, 2009*

***

Thriller religieux :
- **In manus tuas Domine...**, *BoD, 2009*

Site de l'auteure : www.isabelledesbenoit.fr

© Isabelle Desbenoit, 2022
Édition : BoD – Books on Demand, info@bod.fr
Impression : BoD – Books on Demand, In de Tarpen 42, Norderstedt (Allemagne)
Impression à la demande
ISBN : 978-2-3224-2515-0
Dépôt légal : mai 2022
Tous droits réservés pour tous pays

EN CHERCHANT MA ROUTE

Isabelle Desbenoit

Décidément, cette journée ne déroulerait pas comme toutes les autres... Se lever tard, jouer à des jeux vidéo, regarder la télévision ou surfer sur Internet... Ce serait bientôt fini... Benoit venait de prendre une décision qui allait changer le cours de sa vie. Le jeune homme avait décroché des études dès la première année de son BTS comptabilité. Au bout de quelques semaines de cours, il avait renoncé à poursuivre cette formation qui ne correspondait pas à ses aspirations. De surcroît, il ne s'était pas fait d'amis au sein de sa classe. Mal dans sa peau, sans envie particulière et sans trop savoir ce qu'il voulait, petit à petit, il n'était plus allé en cours.

Ses parents avaient bien essayé de l'encourager, de le raisonner, ils lui avaient demandé de chercher à faire autre chose, mais Benoit ne s'était lancé dans aucune démarche... C'est ainsi que depuis six mois, il restait à la maison sans rien faire. Se repliant de plus en plus sur lui-même, ne voyant que quelques rares amis qu'il connaissait du lycée.

Benoit allait mal, il traînait sa vie comme on tire un boulet, le temps s'étirait interminablement, le jeune homme ne ressentait plus le moindre intérêt pour rien.

Mais ce matin, en se réveillant vers onze heures trente, Benoit, recroquevillé dans sa couette, se dit qu'aujourd'hui les choses allaient changer...

La veille, il avait regardé un reportage sur une chaîne de télévision relatant le périple d'un jeune homme marchant sur les chemins du pèlerinage de Compostelle. Ce petit film avait été comme un électrochoc pour Benoit, il s'était identifié à ce jeune homme. Il partirait, lui aussi, sur les chemins afin de réfléchir et trouver enfin ce qu'il voulait faire de sa vie. Il quitterait le confort douillet de la maison de ses parents et se lancerait, seul, sur la route...

— Bonjour Benoit ! dit sa mère en le voyant arriver dans la cuisine baignée de soleil, tu te lèves tôt aujourd'hui ? ajouta-t-elle étonnée, car d'habitude son fils n'apparaissait pas avant midi et demi.

— Bonjour Maman, ça va bien ? répondit le jeune homme beaucoup moins renfrogné qu'à l'accoutumée. Tu sais, j'ai un projet maintenant, je vais partir sur les routes de Compostelle, comme le gars du reportage d'hier. Je réfléchirai et je reviendrai en sachant ce que je veux faire de ma vie. Qu'est-ce que tu penses de ça ? demanda-t-il, ravi de l'effet de surprise qu'il allait produire chez sa mère, mais aussi curieux de sa réaction.

— En voilà une idée ! Tu penses vraiment que tu arriveras à te débrouiller tout seul ainsi sur la route, par tous les temps ? Et où logeras-tu ? interrogea Brigitte. Celle-ci gardait les pieds sur terre.

— Eh bien, je vais m'acheter une tente et je demanderai à

l'installer dans un pré chez un paysan ou dans un jardin pour dormir. En ce qui concerne la nourriture, j'utiliserai mes économies et sinon je demanderai un peu de pain à droite à gauche, expliqua Benoit qui se voyait déjà, poncho de randonneur sur le dos, marchant à pas vifs contre le vent sur des plateaux déserts.

— Tout seul toute la journée, sans TV, sans jeux vidéo… ! Sincèrement, Benoit, crois-tu que tu tiendras plus de deux jours ? insista Brigitte.

— Je prendrai quand même mon téléphone portable et puis, bien sûr, je parlerai aux gens que je rencontrerai. Tu as vu dans le reportage ? Il y a beaucoup de personnes qui font ce pèlerinage, nota Benoit. En fait, je ne pense pas que je le ferai complètement, juste deux ou trois semaines, le temps de réfléchir, tu vois ? demanda-t-il de plus en plus enthousiaste en se servant un grand bol de céréales.

— Ne mange pas trop, on passe à table dans une heure, recommanda sa mère.

En vérité, elle était assez contente de cette décision si soudaine et déconcertante. Déjà, son fils lui parlait, alors que d'habitude, il ne décrochait que quelques monosyllabes. Ensuite, même si, évidemment, elle s'inquiétait un peu, il lui semblait que tout compte fait, ce serait peut-être une très bonne chose pour Benoit de quitter son quotidien de « décrocheur ». La vie à la maison devenait pénible pour tout le monde. Mais allait-il tenir le coup ? Son moral était si fragile en ce moment... Il lui en faudrait de la ténacité afin de mener à bien ce projet...

Quoi qu'il en soit, Brigitte décida intérieurement de soutenir son fils et de l'encourager. Tout était préférable à cette vie « végétative » qu'il menait depuis six mois entre le canapé du salon et son lit.

— Alors as-tu bien réfléchi ? C'est vraiment ce que tu veux faire ? lui demanda-t-elle après qu'il fut revenu de prendre sa douche.

— Oui, Maman, je suis décidé, je pars dès que possible, nous sommes en juin c'est une très bonne période pour marcher. Tu pourras m'emmener au magasin de sport pour que j'achète une tente et un topo-guide pour la route, s'il te plaît ? demanda-t-il.

Je pense partir dès que je serai prêt, il faut que je réfléchisse d'où je pars, le plus près d'ici bien sûr, dit Benoit qui était déjà loin dans sa tête.

— Écoute, prends déjà des renseignements sur Internet, prépare-toi correctement, tu sais que ta réussite dépendra de ton matériel, de l'anticipation de tes étapes... Et surtout, je veux que tu t'entraînes un peu avant de partir, tu ne fais plus de sport depuis des mois, décréta Brigitte, je ne t'emmènerai pas à la gare tant que tu ne seras pas vraiment prêt !

— Alors dans une semaine, tu veux bien, Maman ? D'ici là, je fais des marches tous les jours et je prépare tout, ne t'inquiète pas, supplia Benoit.

— Va pour lundi prochain alors ! céda Brigitte en riant, tu en parleras à ton père ce soir, il va être surpris, je pense ! Et je veux bien t'emmener demain pour tes courses, mais il faut d'abord que tu te renseignes afin de savoir exactement ce dont tu as besoin.

— Si tu veux, la tente sera ton cadeau d'anniversaire un peu en avance, ajouta-t-elle en lui prouvant ainsi qu'elle était définitivement d'accord avec son projet et qu'elle lui faisait confiance.

— Vraiment ? Merci Maman ! s'exclama Benoit en embrassant avec chaleur sa mère, elle-même ravie de le voir retrouver son entrain perdu depuis si longtemps.

Les jours suivants, Benoit mit son réveil à neuf heures du matin et ouvrit les yeux avant même qu'il ne sonne.

Une excitation le gagnait et, tout à son projet, il le préparait minutieusement. L'après-midi, il bourrait son sac à dos avec des boîtes de conserve jusqu'à obtenir douze kilos et partait faire de grandes marches. Le premier jour, il revint au bout d'une heure, exténué. Puis le lendemain, il fit deux heures et à la fin de la semaine, il marchait une demi-journée entière sans problème. Son organisme, en pleine vitalité, retrouva vite son tonus. Benoit avait pratiqué longtemps le tennis et sans être un grand sportif, il avait entretenu sa forme tout au long de sa scolarité. La tente avait été achetée ainsi que la lampe de poche, le petit réchaud léger, de bonnes chaussures et tout l'attirail du parfait randonneur sans oublier, bien sûr, le grand poncho de pluie qui le protégerait de la tête aux pieds.

C'est ainsi que le lundi suivant, il descendait du train dans une petite gare campagnarde du côté du Puy-en-Velay afin d'emprunter le chemin tant convoité. Bien sûr, il avait peur... Mais si des doutes l'avaient assailli depuis la veille, il s'était bien gardé d'en parler à ses parents. Il était beaucoup trop fier pour les partager.

Le jeune homme avait très peu dormi. Ce jour se révélait lourd d'enjeux : c'était, en vérité un nouvel envol vers la vie, vers son avenir. Un jeune homme d'un pays riche qui n'avait manqué de rien et qui cherchait sa voie dans ce vaste monde.

Il trouva sans difficulté le chemin de randonnée indiqué sur son guide, à la sortie du village. Comme pour l'encourager dans sa démarche, le ciel était bleu, sans un seul nuage. Le soleil chauffait mais n'était pas trop ardent. Un temps vraiment idéal en quelque sorte. Benoit s'apaisa peu à peu intérieurement et commença à s'intéresser au superbe paysage qui l'entourait. La nature éclatait de vie, fleurs éparses multicolores, arbres fiers et herbes fines s'inclinant sous l'effet du petit vent d'ouest... Benoit respirait à pleins poumons et se sentait vivre intensément. Il appréciait le moment présent et s'appliquait à marcher d'un bon pas. Pour sa première étape, le jeune homme avait prévu d'effectuer une vingtaine de kilomètres et d'installer son bivouac auprès d'un village où il pourrait acheter quelques provisions.

En fin d'après-midi, il atteignit sa première destination. Restait maintenant à trouver un endroit pour dresser sa tente, après avoir acheté quelques courses dans le petit libre-service.

Il eut l'idée de demander à la vendeuse si elle connaissait un habitant qui le laisserait s'installer quelque part pour la nuit.

— Je vais appeler mes parents, répondit aimablement la jeune commerçante, ils ont une ferme et vous laisseront bien camper sur leur terrain.

— Merci beaucoup Madame, comme c'est gentil ! C'est ma première étape aujourd'hui et je suis chanceux de vous rencontrer, répondit Benoit, tout content.

Il put, grâce à elle, s'installer à l'orée d'un petit bois au fond du pré jouxtant la ferme. Très sympathiques, les agriculteurs l'invitèrent à prendre une bonne douche puis à dîner et le lendemain, à petit-déjeuner. Au matin, il repartit le ventre plein et la joie au cœur. Benoit avait trouvé une oreille attentive auprès de ce couple arrivant à l'âge de la retraite et s'était confié à eux comme s'ils avaient été ses grands-parents.

Le deuxième jour, il put sans encombre faire trente kilomètres. Il eut plusieurs fois la tentation de sortir son portable en cours de route pour appeler ses parents. Il réprima son envie car s'il était parti, c'était bien pour être seul face à lui-même ! À part le SMS « tout va bien » qu'il avait promis d'envoyer chaque soir, il ne devait pas faillir à ce qu'il avait décidé. Si le deuxième jour il craquait déjà, comment pourrait-il tenir deux semaines ?

Le bivouac se révéla plus compliqué à trouver ce soir-là, il dut demander à une dizaine de personnes avant qu'une famille n'accepte qu'il s'installât dans leur jardin. On lui donna de l'eau, mais il dut se débrouiller pour ses repas.

Ce fut l'occasion d'inaugurer le réchaud tout neuf afin de faire bouillir de l'eau et d'y verser des spaghettis. Avec un peu de sauce tomate et du sel, c'était un dîner très convenable. Le midi, il pique-niquait d'un sandwich. Le matin, un peu de lait en poudre, de l'eau et un sachet de *muesli* faisaient l'affaire.

Benoit sentait la fatigue en ce troisième jour, il avait mal aux jambes et aux épaules. Coucher sous la tente s'avérait nouveau pour lui. Le citadin qu'il était se réveillait souvent, n'ayant pas l'habitude des bruits de la nuit.

Son duvet se révélait un peu léger car les nuits restaient encore fraîches, aussi dormait-il avec un pull et un jogging. Un mince matelas en mousse, ce n'était pas le même confort qu'un lit ! Le jeune homme découvrait la vie « à la dure », une nouveauté à laquelle il fallait s'habituer. Il devait aussi faire sa lessive, ne plus prendre son linge le matin, sans même y penser, dans son armoire où sa mère le déposait après l'avoir lavé et repassé. Par ailleurs, Benoit n'avait pas l'habitude de rester seul avec lui-même sans les distractions de la vie moderne, les écrans surtout !

Le contraste entre son existence paresseuse de ces derniers mois et cette vie solitaire au plein air était donc grand.

Alors qu'il venait tout juste de finir son repas de midi, Benoit aperçut une silhouette sur le chemin. Un marcheur d'une soixantaine d'années s'arrêta à sa hauteur.

— Bonjour l'ami, fit l'homme en souriant, tu marches vers Saint-Jacques toi aussi ?

— Oh ! juste deux ou trois semaines, je ne ferai pas tout le chemin, répliqua le jeune homme modestement, et vous ?

— Je fais une période de deux semaines chaque année et ainsi j'arriverai à Compostelle un jour ! expliqua le retraité. Bon, je continue, j'ai déjà déjeuné moi, dit-il en réajustant son sac à dos.

— Je peux marcher un peu avec vous ? demanda Benoit surpris par sa propre audace, mais à dire vrai, il se sentait déjà si fatigué de ce tête-à-tête avec lui-même... La nature qu'il contemplait ne le distrayait pas beaucoup, c'était si calme, si tranquille...

— Si tu veux, acquiesça l'homme, ce soir je m'arrêterai dans une chambre d'hôtes, nous pouvons finir l'étape ensemble.

— Je veux bien, répondit Benoit soulagé, j'en ai un peu marre d'être tout seul... avoua-t-il.

— Au fait, tu marches depuis combien de temps ? demanda l'homme.

— C'est mon troisième jour seulement, j'ai arrêté mes études il y a six mois et depuis je ne fais rien... se confia le jeune homme, alors j'ai décidé de faire ce chemin pour y voir plus clair, pour retrouver une motivation.

— Il faut le temps que tu descendes en toi-même, cela viendra au bout de quelques jours, le rassura son aîné, et puis, tu verras, tu vas réfléchir et tu auras sûrement des idées... As-tu des passions dans la vie ? Qu'aimes-tu faire ?

— À part les jeux vidéo et la télé... Je ne fais plus grand-chose en ce moment. Ce que j'aimais quand j'étais petit, c'étaient les jeux de construction, j'étais capable d'y passer des heures...

— Et quelle sorte d'études avais-tu commencées ?

— De la compta, comme je ne savais pas trop quoi faire, on m'a conseillé cette branche car j'étais bon en maths, mais cela ne me plaisait pas du tout...

— Tu aimes bien construire

avec tes mains ? Tu te vois travailler dans un bureau ou davantage au grand air, faire des déplacements ?

— Je ne sais pas trop... Mais je crois que j'aimerais faire des choses qui changent, un métier varié. Comme, par exemple, pour les jeux vidéo, lorsqu'on en a fini un, on peut en commencer un autre très différent, vous voyez ?

Ils passèrent un pont de bois et continuèrent en marchant en forêt. Benoit était tout heureux, son compagnon, qui lui avait demandé de le tutoyer et de l'appeler René, l'aidait par un questionnement judicieux à avancer en lui-même. René était un ancien professeur technique, il avait passé sa vie à former de jeunes ébénistes. Autant dire que là, Benoit avait rencontré par cet heureux hasard un interlocuteur de valeur. Il se sentit guidé et épaulé dans sa recherche.

De son côté, René percevait très bien la grande soif de communication de ce jeune et ce n'était pas pour lui déplaire. Depuis quatre ans déjà, il avait quitté son poste et Benoit lui rappelait, avec un peu de nostalgie, ses chers élèves, dont quelques-uns venaient de temps en temps prendre conseil auprès de lui.

Quand ils arrivèrent enfin au lieu où René devait passer la nuit, ce dernier demanda aux propriétaires de la chambre d'hôtes si son jeune ami randonneur pouvait planter sa tente dans le jardin. Ils acceptèrent volontiers et on lui permit même d'utiliser la douche et le lavabo pour laver son linge. René expliqua à Benoit qu'il partirait à huit heures le lendemain matin. Si celui-ci désirait poursuivre un bout de chemin avec lui, qu'il se tienne prêt. Ainsi, il donnait la liberté au jeune homme de poursuivre seul sa réflexion ou de continuer ce compagnonnage. Le retraité était ouvert aux rencontres, très sociable, il ne souhaitait pas à tout prix voyager seul et il sentait bien combien le jeune homme était en demande de compagnie et de dialogue.

Le lendemain, Benoit fut prêt à sept heures trente tant il avait peur de manquer le départ du retraité. Les questions de celui-ci l'avaient amené à réfléchir tard dans la nuit avant de s'endormir enfin et il commençait à entrevoir certaines pistes qu'il souhaitait soumettre à René.

— Bonjour Benoit ! Bien dormi ? demanda le retraité.

— Oui, très bien, et vous ?

— Oh oui ! Très bien ! Le confort de cette chambre d'hôtes était remarquable, j'ai dormi comme un bébé ! Les propriétaires sont charmants. J'ai même pu me servir de leur ordinateur et j'ai communiqué par *Skype* avec ma femme et mes deux petits-enfants qu'elle gardait pour la nuit, nous étions tous ravis !

La journée s'annonçait un peu pluvieuse et on dut sortir les ponchos. Mais cela n'empêcha pas la conversation commencée la veille de se poursuivre de plus belle. C'est Benoit qui remit le sujet qui lui tenait tant à cœur sur le tapis.

— Tu sais René, expliqua Benoit, j'ai réfléchi à tout ce que tu m'as dit... Je me vois bien faire un métier à la fois manuel et intellectuel, ne pas rester toujours dans un bureau. Je crois que je m'ennuierais au bout de quelque temps sinon. Cela ne me dérangerait pas de changer de ville de temps à autre, de voyager un peu. Je ne veux pas du tout être comptable... Ça, c'est sûr ! Après que faire ? Je n'en sais vraiment rien...

— C'est bien, tu avances, constata René, tu trouveras, c'est sûr ! Ne te mets pas la pression non plus, tu pourras, en revenant de ce périple pédestre, continuer tes recherches en allant voir des professionnels ou faire un stage d'une ou deux journées dans des entreprises pour voir un peu les choses de plus près.

— Oui, mais tu sais, j'ai dit à mes parents que je reviendrais avec un projet, il faut vraiment que je rentre avec une idée !

— Ou plusieurs ! pourquoi pas ? l'interrompit René. Si tu

veux, aujourd'hui nous pouvons parler de différents métiers, des contraintes et des avantages de chacun. Nous allons commencer par celui que j'ai enseigné pendant trente ans, tu veux bien ?

Benoit ne vit pas les kilomètres défiler et ne s'agaça pas de la pluie alors que d'habitude cet inconfort l'aurait fait pester ! La journée fut passionnante, on évoqua le monde du travail et des tas de métiers différents.

Le jeune homme écoutait l'ancien professeur qui prenait plaisir, avec toute son expérience pédagogique, à décrire de manière vivante et concrète les différentes situations professionnelles. Le chemin qui devait être solitaire se transformait en une équipée en duo des plus enrichissantes.

Le soir, René couchait dans un gîte pour les pèlerins, c'était une maison toute simple avec de petits dortoirs de quatre ou cinq lits tenue par des bénévoles présents plusieurs mois dans l'année. On donnait ce que l'on voulait pour l'hébergement. Benoit décida de loger aussi dans le gîte. Monter la tente sous la pluie, cela ne lui disait vraiment rien et il rêvait de pouvoir dormir dans un vrai lit.

Ce fut une belle soirée, entouré d'autres pèlerins, bien à l'abri, avec le plaisir de pouvoir se laver et de nettoyer ses vêtements, de prendre un repas chaud tout en discutant avec les six autres personnes présentes ce soir-là. La veillée se finit par une partie de cartes animée et à onze heures tout le monde se coucha, rompu de fatigue. Benoit, qui s'était follement amusé pendant cette partie de tarot, oubliant totalement ses « questions de vie », envoya son texto habituel en ajoutant au

« tout va bien » un « c'est super ! » en majuscule avec trois smileys. Cette journée valait bien cet ajout !

Le jour suivant, ils marchèrent avec un jeune couple qui faisait un voyage de noces original en marchant jusqu'à Compostelle. Ce fut une belle journée ensoleillée.

Le lendemain, René et Benoit reprirent la route ensemble mais l'ancien professeur expliqua à son jeune ami qu'il serait peut-être bien pour lui de marcher seul afin d'avoir le temps de réfléchir à tout ce qu'ils avaient partagé ensemble. Il fut convenu qu'ils marcheraient séparément pendant trois jours et qu'ensuite, ils se retrouveraient à l'étape du soir, le quatrième jour. René voulait éviter ainsi que son influence ne pèse trop sur le jeune homme qu'il sentait encore bien incertain.

Ainsi, ce tête-à-tête avec lui-même permettrait à Benoit de laisser décanter leurs conversations. Il réfléchirait tout à son aise, sans aucune pression. Le jeune homme accepta la proposition de René. Bien sûr, il aurait aimé continuer en sa compagnie, même s'il comprenait parfaitement que cela ne lui ferait pas de mal. De plus, le retraité pouvait aussi avoir envie de reprendre un peu sa marche en solitaire. Et puis, c'était rassurant de se dire que dans quatre jours, il retrouverait ce gentil compagnon devenu un ami.

Benoit eut, pendant cette période, l'occasion de se confronter à certaines difficultés : il eut soif, n'ayant pas pris assez d'eau alors que le soleil tapait dur. Il se perdit, fut obligé de planter sa tente dans un pré et eut la peur de sa vie quand en pleine nuit, un ruminant vint renifler le double toit de son frêle abri.

Le jeune homme se rendit compte alors combien les besoins

du corps – manger, boire, se laver, avoir ni trop chaud, ni trop froid – étaient primordiaux. Benoit évalua sa chance de n'avoir jamais manqué de rien. Il n'avait eu jusque-là pour seul désagrément que le fait de devoir manger un plat qui lui déplaisait un peu de temps à autre.

Il fit de bonnes rencontres, on lui donnait aimablement de l'eau, une dame âgée lui offrit une part d'un délicieux gâteau au chocolat. Cependant il fut aussi éconduit sans ménagement par des personnes qui semblaient avoir eu peur de lui.

D'autres habitants d'un village l'observèrent derrière leurs rideaux mais ne lui ouvrirent pas.

Chemin faisant, Benoit réfléchissait à son avenir et une idée commençait à s'imposer dans son esprit. Ce qu'il savait avec certitude, c'est qu'il ne souhaitait pas travailler tout seul ! Malgré la nature luxuriante, le calcul de l'itinéraire, le comptage des kilomètres, la prise de notes le soir pour fixer les souvenirs de la journée ou ses réflexions, Benoit trouvait le temps long. Il avait hâte de revoir René. Il croisa d'autres marcheurs mais, comme il l'avait promis à son ami, il ne s'attarda pas, se contentant de parler quelques minutes ou de dire juste bonjour. Il avait à cœur de tenir sa promesse : quatre jours seul pour ensuite rejoindre René.

La dernière journée, il fit l'étape en un temps record et arriva vers quinze heures trente devant le petit hôtel de la ville où René lui avait donné rendez-vous. Le jeune homme se paya le luxe de prendre un soda en terrasse tout en continuant à noircir son petit carnet de notes. Il dut attendre jusqu'à dix-huit heures pour voir enfin arriver René. Quelle ne fut pas sa joie ! Retrouvant sa spontanéité de petit garçon, il vint à sa rencontre en courant et lui sauta au cou.

— Ah ! René ! Ça va ? Tu as fait de bonnes étapes ? Tu sais, tu m'as manqué, mais j'ai tenu ma promesse et maintenant j'ai trouvé ce que je veux faire comme métier, je suis sûr de moi !

— Cher Benoit, heureux de te revoir, toi aussi tu m'as manqué ! Allez viens ! Pour nos retrouvailles, je t'invite au restaurant de l'hôtel ce soir et tu m'expliqueras ton projet lors du dîner, tu veux bien ? Je suis fourbu et j'ai vraiment envie de prendre une douche.

Viens avec moi dans la chambre, tu profiteras aussi de la salle de bains quand j'aurai fini. Dis... Tu sauras tenir ta langue jusqu'à tout à l'heure, seulement ? ajouta-t-il, malicieusement.

— Bien sûr, assura Benoit, c'est trop cool, merci !

Ainsi fut fait et les deux marcheurs se retrouvèrent devant une bonne pièce de bœuf accompagnée de petits légumes savoureux dans la rustique salle du restaurant décorée avec goût, mais en toute simplicité. Une délicieuse île flottante conclut le repas.

— Alors, fit enfin René, c'est quoi cette révélation de métier ?

— Je veux faire d'abord une formation de charpentier chez les Compagnons du devoir dont tu m'as parlé et ensuite monter mon entreprise pour fabriquer des maisons en bois, déclara Benoit. Comme cela, je serai vraiment polyvalent, je ferai un métier manuel mais, en même temps, un travail qui demande des calculs, des plans, des devis, des déplacements. Bon, si je ne monte pas ma boîte tout de suite, je pourrai commencer à travailler chez un patron, bien sûr. Faire des maisons en bois, cela doit être super, non ? Tu sais, sur le chemin, j'en ai vu trois et j'ai commencé à regarder un peu comment elles sont faites. Pour la formation de charpentier, je pense que c'est vraiment une bonne base pour se lancer dans ce business de maisons, tu ne crois pas ? Le jeune homme avait dit tout cela d'un trait, sans presque prendre le temps de respirer.

René, content de voir Benoit si enthousiaste, le félicita d'avoir avancé et lui donna quelques petits conseils pour la suite. Aller voir un ou deux professionnels du secteur, prendre contact avec les Compagnons. Il lui donna le nom d'une personne qu'il connaissait bien dans cette organisation et lui recommanda de dire qu'il venait de sa part.

— J'ai eu des élèves qui sont rentrés chez les Compagnons, expliqua-t-il, aucun n'est au chômage et tous ont plutôt bien réussi, je te donnerai quelques noms également si tu veux.

Benoit fit part ensuite au retraité de sa décision d'arrêter sa randonnée dès le lendemain. Maintenant qu'il avait un projet, il n'avait plus envie de marcher mais brûlait d'envie d'approfondir sa nouvelle vocation en attendant de reprendre le chemin de l'école dès septembre prochain.

— Allez, pour ta dernière nuit, je n'ai pas le cœur de te laisser sous la tente, il y a deux lits dans ma chambre, je te paie le supplément et ainsi tu dormiras au chaud ! lança René en donnant une bonne tape amicale dans le dos de son jeune ami.

— René, comment pourrai-je te remercier pour tout ce que tu m'as apporté ? demanda Benoit. Tu me promets, on se reverra ? Je pourrai te téléphoner de temps en temps ?

— Bien sûr, répondit le retraité, et tu pourras venir passer deux ou trois jours à la maison, histoire de connaître Manette, ma femme, tu verras c'est une personne extraordinaire. Elle ne peut m'accompagner sur le chemin car elle a de gros soucis d'arthrose mais comme elle sait que j'adore marcher, elle me laisse partir ainsi, chaque année. C'est une perle, tu sais !

— Comme je suis heureux ! dit Benoit en s'asseyant sur son lit, j'ai l'impression que mon cœur va éclater ! Allez, cette fois, je vais téléphoner à mes parents, je veux leur annoncer la bonne nouvelle et leur dire qu'ils peuvent venir me chercher demain ! Il décrocha son téléphone :

— Allô Maman ? C'est moi, la vie est belle, Maman, ça y est, j'ai trouvé ma route...